folio benjamin

Numéro d'édition : 140879
© Gallimard Jeunesse, 1995,
pour le texte et les illustrations,
2002, pour la présente édition
ISBN : 2-07-053891-0

Loi n° 46-956 du 16 juillet 1949
sur les publications destinées à la jeunesse
1er dépôt légal : octobre 2002
Dépôt légal : novembre 2005
Imprimé en Italie par Editoriale Lloyd
Réalisation Octavo

À ma grand-mère Justine... que tout le monde appelle Marguerite.

GALLIMARD JEUNESSE

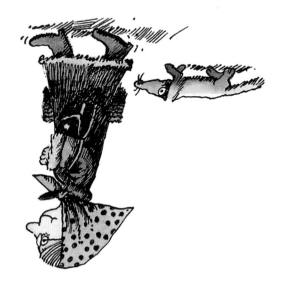

Moi, ma grand-mère...

Pef

– Moi, ma grand-mère,

elle est cosmonaute.

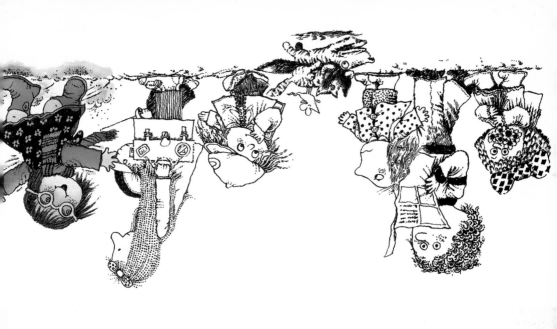

– Moi, ma grand-mère,

elle est pilote d'essai d'ascenseur.

– Moi, ma grand-mère,

elle est mousquetaire du roi.

– Moi, ma grand-mère,

elle apprend à nager aux baleines.

– Moi, ma grand-mère,

elle garde tous les moutons du mont Blanc,
jusqu'au sommet, même !

– Moi, ma grand-mère,

elle a déjà écrit plus de quarante romans
policiers en américain… en latin aussi,
je crois.

– Moi, ma grand-mère,

elle a une maison de six étages pour elle
toute seule et en plus elle conduit
trois voitures de course.

– Moi, ma grand-mère,

elle est exploratrice et elle étudie
les super-fourmis rouges du Takoradi.
C'est loin le Takoradi !

– Moi, ma grand-mère,

elle est capitaine sur un bateau de pêche,
même quand il pleut,
même quand il y a de la tempête
et même aussi au milieu des icebergs.

– Et toi, qu'est-ce qu'elle fait ta grand-mère?

– Moi, d'abord, ma grand-mère
elle sait faire de bonnes tartines de beurre
avec des petits morceaux de chocolat dessus.

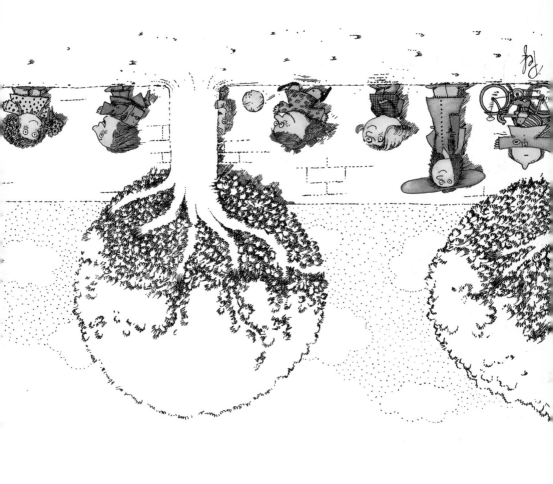

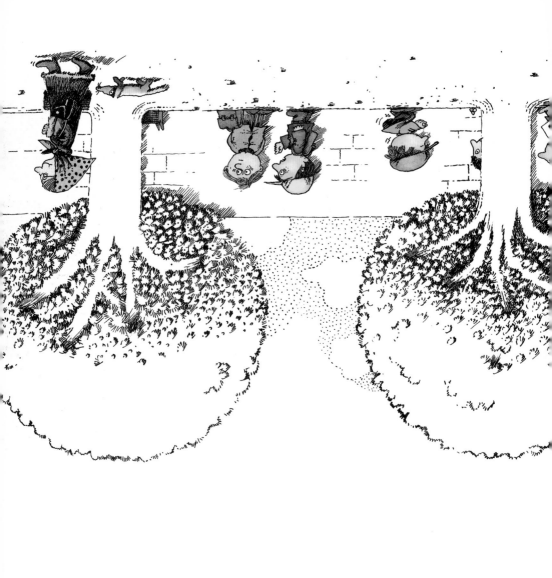

L'AUTEUR - ILLUSTRATEUR

Né en 1939, fils de maîtresse d'école, **Pef** a vécu toute son enfance enfermé dans diverses cours de récréation. Il a pratiqué les métiers les plus variés comme journaliste ou essayeur de voitures de course. À 38 ans et deux enfants, il dédie son premier livre *Moi, ma grand-mère...* à la sienne, qui se demande si son petit-fils sera sérieux un jour. C'est ainsi qu'il devient auteur-illustrateur pour la joie des enfants et invente en 1980 le prince de Motordu, personnage qui fut rapidement une véritable star.

Lorsqu'il veut raconter ses histoires, Pef utilise deux plumes, l'une écrit et l'autre dessine. Depuis près de vingt-cinq ans, collectionnant les succès, Pef parcourt inlassablement le monde entier à la recherche des glaçons et des billes de toutes les couleurs, de la Guyane à la Nouvelle-Calédonie, en passant par le Québec ou le Liban.

Il se rend régulièrement dans les classes pour rencontrer son public à qui il enseigne la liberté, l'amitié et l'humour.

folio benjamin

folio benjamin

folio benjamin